ルビンの

掛札真生

郁朋社

ルビンの羊―目次

装丁・スズキデザイン

ルビンの羊

月とスッポンだけど

桑田さんが
自分の作った曲に
めちゃくちゃノリノリで歌っている
その姿を前にして
〝手前みそ〟の呪縛が消えていく

いいんだ、私も
自分の作ったものに

ちょっとばかし
酔いしれちゃっても

我が国最強のねずみ講

お先をゆずられて、知らんぷりで行った車
〝いいんだ、ア、リ、ガ、ト、ウ、をしなくても〟

歩道いっぱい出てきて
通りへ出るタイミングをはかる車
〝いいんだ、歩行者を通せんぼしようと〟

規則違反！

でも、堂々と携帯中の車

〝いいんだ、注意さえしてれば〟

〝いいんだ、だって、みんなやってる〟

学校で一番教えてもらいたかったもの

〝やさしさとは、人をつくっている性格の中の一つ〟
気がつくと
この答じゃ、まにあわなくなってる
じつに困る
だって、ホントにやっとの思いで見つけ出したものだったから
また、あんなしんどい思いをしなきゃいかんのか、と
でも、「しゃーない」と、半ベソかきながらも思う
その新しい答えがどんなものか

ほかでもない
自分自身が一番知りたがっているのだから

よくも悪くも一番私に影響を与えた人

マザー・テレサ
その生き方は
まさに、やさしい心を持つゆえだと思った
そして、女ならフツウに
素敵な恋愛や結婚を夢みるものと
思いこんでる私にとって
その女のしあわせを捨てて尽くす
犠牲精神こそが

本当のやさしさなんだとも思った
だから、恋愛も結婚もしたい私は
たとえ、人の助けになる事をしたとしても
しょせん、それは、〝ままごと〟のように感じ
だんだんと、さし出す手がつらくなっていった

ただし、それは若い頃の話
月日は恐ろしいね
今では〝ままごと〟でも
それのどこが悪いの、って感じだし

マザー・テレサにも
１８０度違う見方をしている
そのきっかけは
「お気ラクな生活の中にいると
どこか自分が腐っていくようなアセリを感じてしまう」と
言った友だちの言葉だった
そして、マザー・テレサもまた
たとえ、ハタ目には大変そうに見えても
そこには、心の平安が
あったのかもしれない、と

そう、〝やさしさ〟とか〝犠牲〟とか
その人生をややこしくしてるのは
まわりだけで
本人にしてみれば
いたって〝自分がしたいようにした〟だけの
むしろ、そんな生き方ができた幸せな人だったんだろう、と
思っている

ビバ、八方美人

もしもし、一つ聞きたいんだけど
みんなに好かれたいって思うことが
どうして負のイメージになるん？
嫌われたらツライと思うことが
どうして弱いことに？
ただ、穏便につつがなく過ごしていきたいと思ってるだけなのに

べつに「八方美人に陽の光を」ってなわけじゃないけれど

でも、こんな性格が自分なんだと受けいれるのだって
結局、最後には嫌われてしまうこの性格で生きていくのだって
結構、大変なものあるんだから
安直に、人の目など気にせず生きていける人だけが強いなんて
一つの人種差別だよ

弱いけど

なる程ねぇ
「強くなりたい」
ですか
「強くなれない自分はサイテー」
ですか
ホント
弱い人間　イコール　ダメ人間、と
思ってる人は大変だね

ま、頑張って君の夢みる強い人間になってください

私？　私はいいよ　弱い人間のままで
弱いばかりにしんどい思いをしつつ
それでも、歯くいしばって生きていくよ
べつにバカでもいいよ
弱さは、その実
生きる強さを代弁している、と
本人はハラの底から思っているもんで

短気は損気だけど

〝短気は損気〟
たしかにね
この性格で得した事
一回もない
でも、自分からケンカを売った事も
一度もない
おかしいけど、根は平和主義者なのよね

もしかしたら
自分で選んだのかもしれない
生まれる前に
「人にイヤな思いをさせる方とされて怒る方　どっちがいい？」と
訊《き》かれて

セルフカウンセリング

これは恨みや憎しみというものだろうか
ちがう
泣き声だ
心に深い傷を負った少女が
私の中で
いまだ痛みに耐えながら
じょうぶつできずに泣いている声

もう十五年も前の話
当時、いじめられたという恥ずかしさに
だれに打ち明けることもなく
ただただ忘れたいと
目の届かない心の奥の方へとおいやった出来事
でも、今ようやく認める
どんなに月日が流れても
その少女がすくわれなければ
キズを負わせた彼女を許すことも
その時のことから本当に解き放たれることもできないということを

だからといって、彼女には会いたくもない
だいいち、どう振るまえばいい
怒りをこめて手を上げれば
それですべてスッキリするというのか？

あやまって…
あやまって欲しい
一言でいいから「ごめん」と
自分のしたことを悟り
悔いて欲しい

ああ、そうしてくれたら
ああ、それだけで

書いてて涙が出てきた
でも、この涙は
あの時、そのツラさに心がマヒし
泣きたくても出てこなかった涙
そして、長い歳月の間に
腐ってドロドロとなり
ついには心をむしばむようになってたその涙は

今、ようやく出てくると
今度は熱いしずくとなって
頬をつたい
少女の心を鎮めていく
ホントに嘘のように
どんよりとしてた空気がみるみる薄れ
心がスッーと、羽毛のように軽くなっていく

そうだね
残念だけど、これで終りじゃない

でも、彼女と向かいあわずして
はたして、何とかできるだろうかと
ひっかかってた不安に
光が見い出せたのだ
そっちの方が、うんと私をラクにしてくれた
確かに、まだ残っている〝許すこと〟
でも、今日はもうこれだけで十分だよね

かんしゃく

長年、つれ添った夫婦が
何かしら、相手が自分のことを
そんな風に見てたのか、と
分かった時のショックは
相手を想う気持ちが強い程
激震となって心を直撃する
そして、その悲しみは
怒りとなって相手にぶつけられる

だいの大人でさえ、そうなのに
まだ何も分からない子供にどう対処ができよう
だれよりも自分のことを分かってくれてると信じてた
お父さん、お母さんに
そうじゃない見方をされていたら…

〝かんしゃく〟
狂ったように騒ぐ我が子を前に
コレが我が子か、という目で見てるお父さん、お母さん

そして、かんしゃくは、子供の性格に欠陥があるからだと思って
自分たち親には何の非もないと思っているお父さん、お母さん
はたして、そんなあなた方に信じてもらえるだろうか
目の前の怒りわめいている子供は
本当は悲しみに泣き叫んでいるということを
〝分かってくれてなかった〟
その裏切られたような痛みに震えながら
自分をよく見てよっ！　と
あなた方に
必死でうったえているということを

ボランティア

やさしさ、とは
「与えるもの」…かもしれない
「見返りを求めないもの」…かもしれない
でも、私は目に見えるやさしさを
〝数ある自己チュウの一つ〟と思っている
つまり、自分がしたいからしただけの事を
結果、人が喜び
その自己チュウは「やさしさ」と

よばれるのだと

だから、ボランティアも
「一方的な奉仕」とか
あげたてまつったように思っていない
ごくフツウに困ってる人がいたら手をかして
で、その笑に
自分はいいことしたな、とすくわれる
そう、〝一方的〟どころか
もちつもたれつ

どっちもアリガトウの
「お互いさま」と思っている

自由（リバティ）について

武士になれなかった
商人の家に生まれたから
この思いを断ち切らねばならなかった
親が決めた相手と結婚するために
課税が上がっても黙って堪えるしかなかった
お上《かみ》が決めたことだから

生まれた瞬間から

レールが決まっていた
ほかでもない自分の人生なのに
そう、死ぬまで

「そんなのイヤだっ！」
と、言って
許してもらえるのが
〝自由〟
好きに生きなさい、と

ただ、人にイヤな思いをさせて

〝べつに謝らなくても本人の自由〟などと

この言葉を引っ張りださないで欲しい

それには、ちゃんと

〝身勝手〟という言葉があるのだから

自由（Ｍｙ ｆｒｅｅｄｏｍ）

〝向上心〟がある限り
人は、こうなりたいと夢えがいた自分像の囚人だね
今の自分の人格に感じる未熟さ
このままでは終りたくないという欲求
その手段として
あえて、つらい道を選ぶ
自分にとっては、ヨシとする生き方
しかし、負荷を

かけつづけられる心にとっては
しんどいだけの道
生まれたまんまの心のキャラで
思ったまんま思うことも動くことも
ブレーキがかかる上
山ほど、あーなれ、こーなれ、と
泣きたくなるような注文ばかりを
おしつけてくる
おのずと〝自由になりたい〟と
思うようになるの

当たり前のことだった

かつて、世間の常識を一つ二つ
肩からおろせば自由になれるもんと思いこんでいた
でも、そうしてもなお
待ち望んでたような結果が得られず
その〝なんで？〟が分かったのは
確かにうれしかったけど
〝自由〟と〝向上心〟
ようやく扉をあけることができたと思ったら

あけた途端、「嘘でしょ」と
さらにやっかいな扉が目の前にあるのだから
笑ったよ
さすがに、あの時ばかりは

そして、今
片手を上げれば
カセのような負荷がぶらさがってる
でも、原因が分かったことで
以前のような

わけ分からんものに自由をとられているようなイラダチも
自由にはなれないのか、という
ジレンマも消えている
それでも、「もう、この自分でいい」と
負荷をはずせる日まで、アトうん十年?
私は自由にはなれない
なのに、こんなにも自由なのは
自分の意志でそうしているから
〝ただ、気がすむ方へ行くだけ〟と

かつて、心にキズをつけていった人へ

残念ですが
あなたを許すこと
やめてます

正直、心のどこかで
ツライ目にあえばいいと思ってるところがあるのに
それをごまかして
〝きれいさっぱり許してあげなさい〟と

自分に強いる方が
許すどころか
余計、ひきずる逆効果になってたもの

フツウ
許すことができない人は
心のせまい人のようにとられがちだけど
でも、仕方ないよ
そんだけの思いをさせられたんだから
むしろ、許せないのがフツウってもん

そう、一生かどうかは分からないけど
心のかたすみに
どうしても許せない人がいて
そこからくる少々の苦々しさもまた
人生をゆたかにしてくれるでしょ
てな感じでね

持たされたもの

気がつけば
いい加減で嘘つきで
見栄のかたまりのような人間が自分だった
でも、誰が
こんな人間に生まれてきたいと望む？
だから人にも
あの人「いい人」とか「悪い人」とか
簡単に言えないところある

みんなもまた
一言の希望をはさむ余地も与えられず
一方的に持たされた心で生きてるだけなのだから

でも、持たされてるものがもう一つある
それはまるで
〝確かに自分は駄馬として生まれた
しかし、このイノチをどう使うかは
自分次第なのだ〟と
言わんばかりに存在する

この意思、

自白

いくら考えぬいたものとはいえ
すべて
口にする時点で
どっぷり打算に走ってる
「私をけっこう、スゴイと思ってよ」
と

そこにあるものは？

ゴマ粒ほどの虫が
水から出ようと
必死にもがいていた
はたして、そこに
〝死にたくない〟と考えるアタマなど
無いハズなのに

私がいるのは

妹がカレのセーターを編んでいる
できあがるまでには
まだ時間がかかるだろうけど
でも、一目を編むのは、〝あっという間〟

そんな感じなんだろうね
人ひとりが存在している時も〝あっという間〟と
そして、それら一目一目が

前の目、横の目、後の目をつなげていく事で
人間の歴史という模様に富んだセーターができていってんだろうね

もちろん、私もその中の一目
別にぬけてても
支障がないような存在にも思えるけど
でも、現実にこうして私はいる
出会うべく人と出会い
私にふりあてられている
その役まわりをはたせよ、と

にしても

短気
弱虫
いじけ虫
嘘つき
気分屋
お調子者
スケベ
さぼり魔

食わせ者
いっぱいおるのう
私の中に

少しだけ優しくなれた今があるのは

かつて
あの人たちは
私を踏んづけた
いっぱい踏んづけられて
いっぱい泣いた

でも、本当のところは
私が、

あの人たちを踏み台にして
〝ヨッコイショ！〟と
次の段へ上がってたのだ

しょほうせん

ホントに笑っちゃう程、イヤな人が多くて
「私も同じことしたっていいやろ」と
ほとんど自分を見失いかけてた時
笑顔でさし出された人の何げない親切に
それこそ、心を洗われる

たしかに
〝人のフリ見て我がフリなおせ〟

は死語のように
〝悪貨は良貨を駆逐する〟
このご時世
でも、「今のもんは」と眉をしかめながらも
〝三日一膳〟
ちょっとだけ
だれかを
うれしい気持ちにしよう
人のぬくもりを
忘れさせないようにしよう

あめこ

〝あめこ〟
雨の呼称の一つ
そのたった一言からとどく
やさしさ
ぬくもり
のどかさ
まのびした大らかさ

言葉は人を見る
たとえ、表面上はいい人のフリをしていても
しょせん、この私からは
その一言に勝てる言葉
決して生まれてはこないだろう

血金のしょっぱい涙

つきあってんのかな
中学生男女がプリクラから出てきた
女の子が
片手に財布を持ちながら
別に、お金は男が出すもんって
思ってないけど
でも、どうか
折半でありますように

でなきゃ、泣くよ
女の子のお父さん
いくら小遣いとはいえ
家族のために頑張ってる時
今、まさにこの瞬間の労働賃金が
どこの馬の骨とも分からない男と撮るプリクラ代になるなんて
ゆめゆめ、思ってなかったと思うから

ごめん、私も人のこと言えんかったね

喫茶店の窓から

この、なべ底をこそぐような通りを
いろんな人が
それぞれの思いを胸に通りすぎていく
なかには、今すぐにでも
しゃがみこんで
泣きじゃくりたい人だっているだろうに
だれひとりとして
むしろ、心配事など何もないような

すずしい顔で歩いてく

ハラの底から思うよ
たとえ生きてる意味なんか
わからなくても
〝生きてる〟
それだけで
人間は、スゴイ
それだけで
人間、万歳だよ

あいしょう

不思議
自分を人に見せることが
あんなにも難しく思えてたのに
あなたの前だと
とても簡単なことのように思えてくる

できないんじゃなかったんだ
ただ、それができる相手に

まだ出会ってなかったというだけだったんだね

彼がくれたもの

ジューン・ブライドをひかえた水曜日
「時季もんだろ」って彼があじさいをくれた
照れてあっちを見てる横顔に
つい言っちゃうあまのじゃく

「言っとくけど、浮気は絶対ダメだからね」

「何だよ急に」

「知らないの？　あじさいの花言葉」

「そんなもん、知るわけないだろっ」

でも、移り気なのは私の方
すぐにポォーとなって完全不治のやまい
こんな私のこと
幼なじみの彼が一番知ってるハズなのに
それでも
「ずっと、いっしょにいたい」と言ってくれた

あじさいは、でも

色によって花言葉がちがう
そして、彼がくれた紫は
「辛抱づよい愛」

「以心伝心」

どんな人だろう
この言葉の言いだしっぺさんは
よかったね
それがスッと出てくるような人と
めぐりあえて

はたして…?

これといって、したい事がなかった
しいて得意なものもなかった
でも、私の場合
むしろ、あってはいけなかったのか…
それこそ、打ち込めるものを探して
沢山しごとを変え
それを通して、沢山の人に出会わなかったら
もし、卒業後

ずうっと同じ会社で
その世界のことしか知らなかったら
かけてもいい
今の私はいなかっただろうね
そして、この本も
決して生まれなかっただろう
まさに、親泣かせの人生
でも、そんな生き方をしなければ
生まれてこない本もあるんだ

人がいて、本が生まれる
しかし、まず一冊の本ありき
で、それを書くのが
私の仕事だったらしい

闇夜から

踊れる力
十二分以上あるのに
そのリズムに合った踊り方が分からない

さぁ、しずかに目をとじて
うまく踊ろうなんて考えないで
何にも考えないで
リズムで感じたままに

身体が動くがままに

どうなるかなんて
ただそこにある
あやうく脆《もろ》く
それでいて
とても心地いい感覚に
すべてをあずけて

やがて、リズムのおわりと共に

その存在さえも消えるかのようにして止まった身体
そして、ゆっくりと開かれた瞳にあったもの
ああ、たとえ笑われても
今、心から思う
火の鳥は
火の鳥のその永遠の魂は
こうして転生をくり返しながら
翔びつづけているのかもしれない、と

海原からつきでる影

踊りをする人
沢山いる
でも、人が踊りをしているからこそ
そこから
まさに申し子のような
踊り手がでてくる

この混沌とした世の中

でも、そこに
人が生きているからこそ
そこを突き破る人がでてくる

突然変異にも
奇跡的にもみえる
ヒトたち
でも、出てくるのだ
そこで、
人間が動いている限り

ＭＹ「克服」

「克服」
でも、この言葉
何かの短所を打ち消したみたく
とられる場合があるから
使い方、注意ね

そう、この自分がいる限り
持って生まれた短所は

一生、そこにある影法師
そして、「克服」は
その短所に対処できる新たな自分を
自らの力で生み出すということ

ルビンの羊《ひつじ》

2003年9月6日　第1刷発行

著　者 — 掛札《かけふだ》 真生《まお》
発行者 — 佐藤 聡
発行所 — 株式会社 郁朋社《いくほうしゃ》

〒101-0061　東京都千代田区三崎町 2-20-4
電　話　03-3234-8923（代表）
ＦＡＸ　03-3234-3948
振　替　00160-5-100328

印刷·製本 — 壮光舎印刷 株式会社

落丁、乱丁本はお取り替え致します。

郁朋社ホームページアドレス　http://www.ikuhousha.com
この本に関するご意見・ご感想をメールでお寄せいただく際は、
comment@ikuhousha.com までお願い致します。

ISBN 4-87302-238-X C0092